Angela Leite e Lino de Albergaria

Cabelos de fogo, olhos de água

Ilustrações: Mariângela Haddad

2ª edição
2011

© 2006 texto Angela Leite e Lino de Albergaria
ilustrações Mariângela Haddad

© Direitos de publicação
CORTEZ EDITORA
Rua Monte Alegre, 1074 – Perdizes
05014-000 – São Paulo – SP
Tel.: (11) 3864-0111 Fax: (11) 3864-4290
cortez@cortezeditora.com.br
www.cortezeditora.com.br

Direção
José Xavier Cortez

Editor
Amir Piedade

Preparação
Dulce S. Seabra

Revisão
Alexandre Ricardo da Cunha
Rodrigo da Silva Lima

Edição de Arte
Mauricio Rindeika Seolin

Diagramação
More Arquitetura de Informação

Dados Internacionais de Catalogação na Publicação (CIP)
(Câmara Brasileira do Livro, SP, Brasil)

Souza, Angela Leite de.
 Cabelos de fogo, olhos de água / Angela Leite de Souza e Lino de Albergaria; ilustrações Mariângela Haddad — 2. ed.
 — São Paulo: Cortez, 2011.

 ISBN 978-85-249-1196-5

 1. Literatura infantojuvenil I. Albergaria, Lino de. II Haddad, Mariângela. III. Título.

06-0642   CDD-028.5

Índices para catálogo sistemático:
1. Literatura infantojuvenil   028.5
2. Literatura juvenil   028.5

Impresso no Brasil — abril de 2011

*E*i, o que é aquilo? A menina sem uniforme sentada no meu lugar! O que é que essa tal está pensando? Chega assim, de um dia para o outro, e acha que pode escolher lugar? Será que ninguém avisou que aquela carteira — do lado da janela e na terceira fila — tem dono? Que, desde a quinta série, pertence ao Tonhão? Ninguém repetiu para a intrusa as sílabas do meu nome: **To-nhão**?

Coitada! Não teve tempo ainda de se informar sobre quem é quem nesta sala! Com certeza ninguém a avisou de que o cara mais alto, mais forte e o único de cabelos vermelhos do pedaço é simplesmente o Tonhão aqui!

Daí que parei bem na frente da atrevidinha e fui avisando:

— Eu sou o Tonhão!

Ela levantou os olhos. Ah, que carinha de coruja, com aqueles óculos que a deixavam com todo o jeitinho de *nerd*! Será que não sabe que lugar de *nerd* é na primeira

fila para receber os respingos da dona Sabrina, a professora de matemática, que, quando abre a boca, é a mesma coisa que abrir um chuveiro?

— Prazer, Letícia Bárbara...

Não é que aquela coruja estava me estendendo uma mão branquela e mole? Eu devia ter apertado aquela mão com toda a minha força para ela já saber com quem estava lidando. Mas preferi humilhar a esmagar... Deixei aquela mão solta, flutuando sozinha na minha frente. Nessa hora, metade da sala estava de olho em nós. Mais um pouco, todos iriam ver o mico que a criatura iria pagar!

Fiquei olhando fixo para o que tinha atrás daqueles óculos. Ela tentou encarar, mas acabou piscando. E a cara branca dela foi só se colorindo. O primeiro a avermelhar-se foi o pescoço. Em seguida, as bochechas ficaram manchadas com duas rodelonas vermelhas.

Ela abaixou a mão muito devagar. As minhas estavam na cintura. Meu peito tinha-se estufado a um centímetro do nariz da Letícia Coruja.

— Fique sabendo que este é o meu lugar. Pode ir juntando suas coisas.

Senti que as lágrimas iam começar a aparecer atrás das lentes. Mas eu não me comovo com choro de mulher. Por isso abri o maior sorriso — meu sorriso de superioridade.

Então o pescoço dela se mexeu. Estava engolindo em seco... Acho que naquela hora engoliu também as lágrimas.

Não escorreu nenhuma. Mas suas bochechas pareciam miniaturas de melancia partida ao meio. No entanto, ela não se mexeu do lugar. Só que não era hora de ficar paralisada, não era mesmo!

— E aí, ô menina? Vai saindo, anda, ou vai querer que eu perca a paciência?

— Pois... olha... aqui...

Ah, ela resolveu falar, aos trancos, gaguejando! Mas eu não tinha autorizado aquela coruja com cara de melancia a falar!

— Não vou olhar nada! Você é que vai levantar agora e sem mais um pio!

— Não levanto, seu mal-educado!

— O quê?

Eu já ia começando a arrastar a carteira. Minha intenção era sacudir a carteira até jogar no chão aquela coisa que queria se fazer de gente...

— Vamos, todos sentados!

A voz atrás de mim, eu reconheci mesmo sem olhar na direção de onde vinha. Era do Serjão, o professor de geografia, aquele armário mal-humorado.

— Antônio Barbosa, estou esperando!

Olhei para ele, olhei de volta para a tal Letícia Bárbara. Ela estava tremendo todinha. Ponto para mim. Apontei o dedo para ela. Ela deve ter entendido o significado daquele dedo fingindo que atirava. Sentei na carteira ao lado. Era a da Adriana Banana. Mas a Adriana estava fora da sala. Joguei a mochila dela no chão e sentei-me, ainda olhando para a Letícia Coruja.

— No intervalo, a gente continua — falei baixo o suficiente para o Serjão não escutar, mas bastante alto para a novata ouvir.

Quando entrei naquela sala pela primeira vez, não tinha a menor ideia do que estava me aguardando, isto é, não pensava que ia enfrentar uma turma tão cheia de carinhas metidos e implicantes. A bem da verdade, é melhor, por enquanto, eu não usar o plural: metid**o** e implicant**e mesmo** é aquele Tonhão cabelo de cenoura que partiu para cima de mim sem mais nem menos, como se fosse o dono do pedaço. Imagina bem: querer que eu saísse da carteira porque aquela era **sua** desde o ano passado!

Ah, ele não sabia com quem estava se metendo. Logo comigo, que tenho fama de ser o estopim curto da família... Agora, justiça seja feita: eu mereço mesmo ser chamada de Letícia, pois sou muito alegre, e de Bárbara, porque, por meus amigos, eu barbarizo, vou até o fim do mundo! Mas, se alguém pisa no meu pé, pode-se preparar, eu apronto o maior barraco.

Meu grande problema é que fico tão enfurecida que começo logo a gaguejar. E, como tenho pele muito clara, viro um tomate. Até fica parecendo que estou com medo, ou com vergonha. E acho que foi exatamente isso que o tal Tonhão (eta apelido feio!) pensou, porque foi só estufando o peito e ganhando mais e mais coragem de tentar me encarar. É, isso mesmo, **ten-tar**. Uma, que eu não ia deixar barato: se ele continuasse insistindo em me tirar daquele lugar, ia ter de ser na queda de braço; outra, que, bem na hora H, chegou o professor de geografia e fez o carinha se recolher à sua insignificância. Ou seja, acabou se sentando exatamente do meu lado e ainda rosnou pra mim que me iria pegar no intervalo.

Só que não foi bem assim. Mal bateu o sinal, e a turma começou a sair da sala, o Tonhão virou para o meu lado e, como se nem tivesse interrompido suas ameaças, foi falando todo arrogante:

— Escuta aqui, garota, se você não sair do **meu** lugar por bem, vai ter de ser na marra, e aí vai ser pior pra você!

A essa altura, eu já me tinha acalmado o suficiente para não tornar a perder a pose na frente dele. Então, sem ficar vermelha, nem gaguejar, consegui responder, na maior:

— Ô Tonhão, olha, eu posso ser nova nesta turma e nesta escola, mas não nasci ontem e sei dos meus direitos. Se tivesse uma plaquinha aqui — e apontei para a carteira — com seu nome escrito, aí não tinha dúvida: eu nem teria me sentado nela. Mas, como hoje é o primeiro dia de

aula e nem a diretora, nem o professor, nem ninguém mais falou que os lugares são marcados, você pode desistir, que eu não saio de jeito nenhum!

E fiquei ali, na minha, enquanto ele, que deve estar acostumado a ser o bom-geral, virou uma estátua, com a boca aberta... O melhor de tudo é que, enquanto ele provavelmente bolava algum desaforo bem horrível para me dizer, uma menina lourinha que ainda não tinha saído da sala fez para mim o sinal de positivo com o polegar e se plantou do meu lado, acho que disposta a tudo.

— Vamos, cara, deixa pra lá, não vale a pena.

Quem disse isso foi um menino de boné preto, que com certeza não faz parte da patota do Tonhão.

— Nunca, nunquinha, nuncão!!! — gritou o Tonhão, deixando de ser estátua. — Essas meninas andam folgando demais, a gente tem de pôr um freio nelas.

Outros dois meninos que já iam saindo da sala, ouvindo isso, voltaram, os covardes. Acho que só queriam assistir à batalha! Ao mesmo tempo, umas meninas em quem eu nem tinha reparado, de tão concentrada que estava na minha guerra, iam formando uma rodinha em volta de nós.

— Quero ver quem vai pôr o tal freio em mim! — desafiou uma delas, bem alta, que depois fiquei sabendo que é a Sheila. — E vocês, gente — continuou ela, falando para as outras —, vão deixar?

Foi aí que fiquei conhecendo algumas de minhas futuras aliadas – a Clara, a Pat, a Dani – e até aliados – o Bruno, o Hugo e o Marquinho. Mas só que, naquele dia, eles ainda me viam como uma ET. Eles, porque são homens. E as mulheres, porque talvez tivessem medo da concorrência...

— Quem acha que essa carteira é minha, vem aqui pro meu lado — falou o Tonhão, botando banca. — Quem não acha é melhor ir saindo caladinho ou vai se arrepender para o resto da vida!

Praticamente a turma inteira tinha voltado para a sala e, pelo que eu podia sentir, tinha muito mais colegas a favor daquele idiota do que me defendendo. Puxa, acho que vou perder essa parada mesmo, pensei. E então as lágrimas que eu tinha conseguido segurar até aquele momento começaram a sobrar dentro dos meus olhos e já estavam a ponto de cair.

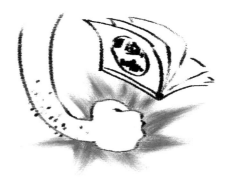

A aula de geografia não acabava nunca. A Adriana Banana — o que é que deu nela? — provocou a única interrupção. Queria de volta o lugar que eu tomei. Mas bastou o Serjão socar a mesa que ela catou a mochila do chão e foi, quietinha, sentar lá atrás. O Serjão é dos meus! Estou até pensando em me formar em geografia. Se bem que esse negócio de colorir mapa é a maior frescura. A mulherada adora. E o Serjão também, que coisa! Mapa coloridinho sempre ganha um pontinho a mais na nota.

É melhor eu continuar com meu plano de me tornar um policial. Ou, então, vou lutar vale-tudo. Demônio Ruivo. Vai ser o meu nome. Vou dar porrada em todo mundo, e ainda me vão pagar pra isso. Esta, sim, é uma profissão pra lá de legal! Não vou precisar aturar Letícia Coruja nem Adriana Banana com suas canetinhas douradas e estrelinhas pregadas nos cadernos. Se eu fosse o Serjão, mapa colorido iria perder pelo menos dois pontos.

Quando estiver na sétima ou na oitava série, acho que vai dar pra encarar o Serjão. Vai ser um desafio e tanto. No meio da quadra de esportes da escola, Demônio Ruivo contra o Armário de Aço de Kyoto. É que ele estava falando no tal de Protocolo de Kyoto, um acordo para controlar os gases que provocam poluição no planeta. Que ele não venha com golpe baixo, emitindo gases para cima de mim. Pô, só de imaginar os gases do Serjão, eu prendo a respiração...

Ah, acabou, já não era sem tempo. O cara terminou a chamada e está-se mandando. O que é que eu tinha mesmo planejado para o intervalo? Assim que a novata sem-educação (quem toma o lugar dos outros não tem a menor educação) se levantou da minha carteira com cara de quem não sabia para onde ir, eu lembrei. Já estava até calminho e falei com ela na maior civilidade:

— Escuta aqui, garota, se você não sair do **meu** lugar por bem, vai ter de ser na marra, e aí vai ser pior pra você!

Não é que a Corujona me encarou? Eu não esperava por aquilo, mas até que gostei. Um filminho rápido passou na minha cabeça. Demônio Ruivo contra a Coruja Assassina! Minha tática seria levar o adversário até as cordas, cortando sua saída, e golpear o plexo solar...

Acho que o pessoal imaginou que eu estava amarelando pra Coruja Assassina, e veio até uma turma do deixa-disso. Daí que eu disse qualquer coisa para colocar as meninas no devido lugar. E a Sheila Everest (as aulas do Serjão sempre me inspiram) resolveu juntar as mulheres para peitar os homens.

Ah, ia ser assim, é? Avisei, então, que quem era a meu favor que viesse pro meu lado. E o resto que saísse bem calado. Como o peso do braço do Tonhão é famoso, veio a turma quase toda para o meu lado.

Não falei nada. Agora a Coruja, que nem merecia ser chamada de Assassina, ia-se desmanchar em lágrimas. Só peguei as coisas dela e joguei pela janela.

Juntei meus trecos e ia sentando no meu lugarzinho, quando...

— Ai!

Não é que a Coruja Ex-Chorona e Novamente Assassina me pegou por trás?

Até eu estou boba comigo mesma: que coragem!!! Mas quando eu vi minha mochila novinha, com todas as minhas canetinhas perfumadas, minhas borrachinhas coloridas, minha coleção de adesivos, ser arremessada pela janela como se fosse um saco de batatas, aí eu fiquei mesmo invocada. Joguei os óculos em cima da carteira, e voei no Tonhão, me pendurando naquelas labaredas que ele tem no alto da cabeça!

Nossa! O cara até bambeou o pescoço, quase caiu de costas em cima de mim. Só não caiu mesmo porque a gangue dele segurou a tempo.

— Coruja Assassina! — ele gritou assim que se recuperou do susto.

Pra que ele foi me chamar assim? Logo agora que eu estava com meus lindos olhos cor de água de piscina à mostra, pra todo mundo admirar...

— Cabeça de abóbora! Pau de fósforo! Cenourão Covarde!

A Sheila, a Pat e a Dani iam gritando o que lhes dava na telha para me defender.

A essa altura, um menino gatíssimo, com uns olhos cor de guaraná que me deixaram paralisada quando ele me encarou firme, bom, esse garoto chegou perto da orelha do Tonhão e cochichou alguma coisa que fez ele parar a mão no meio do caminho. Explico: a professora de matemática tinha entrado na sala e vinha feito uma flecha em nossa direção. Alguém, acho que foi a menina da última fila, aquela que eles chamam, não sei por que, de Adriana Banana, deu o aviso para o resto do pessoal:

— Ih, galera, é bom a gente ir abrindo o guarda-chuva porque dona Duchinha tá na área!!!

Ela tinha falado meio baixo, para a Sabrina não ouvir, mas todos nós escutamos e foi difícil segurar o riso. É que a "fessora" quando abre a boca parece uma ducha desregulada. Aquilo até que valeu, pois cada um voltou pro seu lugar rapidinho. Quer dizer, eu continuei na "carteira do Tonhão", ele na da Adriana, e ela lá no fundo da sala. A briga estava, pelo menos por um tempo, adiada.

Só que eu não conseguia prestar atenção naqueles números todos com que a Sabrina ia cobrindo o quadro. Meu pensamento estava lá fora, na minha mochilinha nova que, provavelmente, além de suja e amassada, já estaria na sala da diretora. A qualquer momento, ela ia abrir a

porta com toda a força, mostrar a prova do crime e perguntar furiosa:

— De quem é esta mochila? Quem foi que atirou esta mochila pela janela?

Mas, por que eu tinha de ficar imaginando uma cena horrível assim, se eu era a grande vítima nessa história?

—De quem é esta mochila? Quem foi que atirou esta mochila pela janela? Caraca! A coisa agora é que ia pegar. Dona Eugênia, a diretora de quem a escola inteira se pela de medo, segurava com as pontinhas dos dedos a mochila da Coruja Escalpeladora. A mochila balançava pra lá e pra cá. Uma régua vermelha estava cai não cai. E ainda aparecia a ponta de uma coisa peluda — o rabo de algum bicho? — que não dava para ver o que era. Seria o que aquele rabo — algum gambá, um gato do mato?

— Quem é o dono? — berrava a dona Eugênia, do alto daqueles tamancos que pareciam amostras de pernas de pau.

Maior silêncio... Até a dona Sabrina fechou o chuveiro e olhava com cara de "ai, não estou entendendo nada, gente!".

Aí, então, a Coruja Assassina levantou a patinha, digo, a mão mole e branca, na verdade não tão mole, pelo menos na hora em que tentou me escalpelar.

— É minha!

— E posso saber o que estava fazendo no meio do pátio?

— Foi... há... um acidente...

Lá estava ela gaguejando de novo... Mas, puxa, ela não me entregou! Vai ver que estava com medo da reação do Demônio Ruivo...

— Ah, é, mocinha? Sua mochila criou asas e voou pela janela? — nessa hora a mochila balançou mais forte na mão da dona Eugênia. Uns quinze centímetros de régua pularam lá de dentro. Mas o rabo do gambá fedorento, infelizmente, foi deslocado para o fundo.

Os meninos todos da sala caíram na risada. A bem da verdade, quase todos, pois o Hugo e o Bruno, que não me topam mesmo, ficaram sérios.

Foi então que a Clara, aquela loura aguada, abriu a boquinha para me pôr numa fria:

— Quem jogou a mochila pela janela foi o Tonhão, quer dizer, o Antônio Barbosa!

— Só podia ser — a dona dos tamancos foi-se voltando contra mim.

De repente, alguém resolveu ser meu advogado. Não foi nem o Pepe Cebola nem o Edu Cabelinho, os meus mais chegados. Aquela vozinha era da Magda Regina, que,

não sei por que, vive esbarrando em mim no recreio. Mal acreditei no que escutava!

— Mas essa menina é uma anta agressiva! Ela quase arrancou os cabelos do Toninho, quero dizer, do Antônio Barbosa, coitadinho...

Coitadinho? Toninho? De quem aquela pateta estava falando?

Então a mochila sacudiu de novo para o lado da Coruja:

— E o uniforme, moça? Por que está sem uniforme?

A Coruja virou tomate. Ia gaguejando qualquer coisa, quando foi interrompida pela autoridade máxima do pedaço:

— Quero os dois agora na minha sala!

Parece que demoramos um pouco a reagir. Pois ela sacolejou a mochila com muito mais força, gritando:

— Vamos, mexam-se!

Nisso, a coisa peluda pulou lá de dentro e foi cair no colo logo da Sabrina Duchinha, que, além de soltar uns gritinhos fininhos, pulou para cima da cadeira.

Teve gente que começou a chorar de tanto rir.

Até agora estou sem entender como é que o Francis Nicolai — Chiquinho para os íntimos — foi parar dentro da minha mochila. Só se eu deixei aberta enquanto escovava os dentes, e ele se meteu lá para xeretar minhas coisas... A única coisa que eu sei é que nunca ninguém pagou um mico tão bem pago como eu!

— Pega o mico! Ui! Socorro!

Do colo da professora, Chiquinho tinha pulado para um vaso de samambaia que fica dependurado na janela da sala. E daí para a carteira de alguém, depois para a mesa da Sabrina — uma zona que nem dá para descrever! Quando ele ameaçou voltar para minha mochila, dona Eugênia agarrou-a ainda com mais força e saiu correndo da sala, o Tonhão e eu atrás.

Agora estávamos sentados em frente à sua mesa, esperando, enquanto ela tomava uma água e se abanava, acho que tentando se acalmar um pouco. Enquanto isso, minha cabeça ia a mil, com os pensamentos mais negros rodando dentro dela: "O que mamãe vai dizer quando ficar sabendo disso? Nossa! Depois da força que ela fez para arranjar uma vaga aqui para mim... E como vou explicar que simplesmente não deu tempo de comprar meu uniforme? Até que eu gostei dessa dona Eugênia no dia daquela entrevista. Parecia gente finíssima. E vai ver que é; afinal, nós aprontamos mesmo. Papai é que vai me alugar mais ainda: 'Eu não falei, Letícia Bárbara — ele sempre fala o nome todo, em vez de Lelê, quando está zangado —, que lugar de mico é no circo?'"

— Vocês pensam que estão num circo? — dona Eugênia tinha começado a sua bronca, me tirando daqueles péssimos pressentimentos para outros ainda piores. — Hein, respondam!

— Quem trouxe o macaco para a escola não fui eu — falou o Tonhão, na maior covardia.

— Eu-eu-eu... também não trouxe, dona Eugênia. Quer dizer, ele é meu, mas não sei como é que foi parar na mochila...

—Ah, com certeza ele não queria perder a aula de matemática — disse ela com um sorriso mais que sinistro, no mau sentido. E logo fechou de novo a cara, partindo para o ataque: — Os dois estão suspensos por uma semana! E ai de vocês se acontecer qualquer outro, hum... incidente, quando voltarem. E fiquem sabendo que, se tiver alguma prova durante a suspensão, a nota será ZERO bem redondo!

Com aquele dedo magro, que agora eu achava que era de bruxa mesmo, desenhou um círculo no ar.

— Podem ir agora. Mais tarde vou mandar uns bilhetinhos para vocês levarem para seus pais...

— Coroa sebosa! Só porque está lá em cima daqueles tamancos pensa que é dona do mundo? — o Tonhão desabafou, assim que ficamos sozinhos no corredor. Mas é claro que não estava dando papo pra mim, pois quando se dirigiu a mim, de verdade, falou: — A culpa é toda sua, invasora de carteira alheia!!!

— Ah, não, essa outra vez não! — eu consegui dizer, sem gaguejar e, acho, sem ficar vermelha.

Mas, antes que começasse tudo de novo, bateu o sinal do intervalo, e a nossa turma em peso veio vindo depressa pelo corredor, para saber como tinha sido com a diretora. Bem, parece que eles estavam mais preocupados com o Tonhão, porque até as meninas, tão solidárias uma hora antes, ficaram na delas, isto é, passaram por nós e foram para o pátio, fingindo que não estavam nem aí... Ou será que não estavam mesmo? O único que veio falar comigo foi o Olhos de Guaraná e isso valeu por todo o resto.

— Letícia — ele falou de um jeito que fez o meu coração balançar feito gelatina —, não fica chateada não. Eu também já fui novato aqui, é uma barra, sabe? Mas depois fica normal. E, olha, pode contar comigo, numa boa.

— ... Va-va-valeu.

Foi a única coisa que eu consegui dizer. E até agora, fechada aqui no meu quarto, nesta primeira noite de prisão domiciliar, só de pensar naquelas palavras me sinto, tipo assim, poderosa!

Quem iria imaginar que a maluca tinha um mico na mochila? E que eu, por causa da Coruja Pirada, ia ganhar uma suspensão? Ô mundo injusto! A Eugênia dos Tamancos tinha mais é que me dar uma medalha, quando joguei pela janela a tal da mochila. E se ela própria não tivesse trazido aquilo de volta, nossa pobre e querida Sabrina Duchinha não teria tido aquele ataque de nervos, quando o mico a confundiu com a mãe dele!

Edu e Pepe me contaram que tiveram o maior trabalho para agarrar o monstrinho. A cada vez que um deles ia pegá-lo, ele voltava para o colo da mãe, ou melhor, da Duchinha. E aí a "fessora" berrava mais e mais, suplicando para que alguém a livrasse daquela coisa. Parece que ela então cuspiu — sem querer, claro — no olho do bicho, e o mico ficou cego por um momento. Daí o Pepe deu uma chave de braço nele, e o Edu Cabelinho conseguiu engatar uma gravata. Foi quando o professor de ciências, o Gegê das Libélulas (o nome dele é Ângelo, e ele coleciona libélulas secas, argh!) entrou na sala atordoado com a gritaria. E ainda queria suspender os meus chegados por maus-tratos a um animal, pode?

Pelo menos — apesar dos olhares tortos do meu pai e da minha mãe — ganhei uma semana para treinar futebol com a Rê, minha irmã mais nova. Como estudamos em turnos diferentes, raramente podemos treinar juntos. Na verdade, queria treinar vale-tudo com a mana, mas a Rê só quer saber de futebol.

Irmãzona, a Rê. Quando contei pra ela da suspensão injusta, ela se prontificou a dar uns cascudos na dona Eugênia e outros tantos na Coruja Piradona. Mas eu, como no fundo sou mesmo da paz, fiz com que desistisse desse plano.

— Melhor você gastar sua energia com outra coisa, Rezão!

— É mesmo, Tonhão. Eu preciso aprimorar meu jogo aéreo. Faz aí uns lançamentos para eu cabecear para o gol, faz!

Tenho certeza de que a Rê ainda vai para as Olimpíadas. Nunca vi ninguém mais decidido.

Mas, na hora em que ela ia para a aula, eu ficava sozinho — o pai e a mãe no trabalho — e o dia não passava nunca.

Deu-me a maior saudade da escola. Principalmente do Edu e do Pepe. Senti falta até da Magda Regina insistindo para eu aceitar a metade do lanche dela.

Daí que eu fui para a porta do prédio e fiquei olhando para um cartaz de publicidade bem em frente. Era a propaganda de um curso de línguas. Tinha um garoto e uma garota. Ele até podia ser meu irmão, pelas sardas. Só não era ruivo. A menina, morena de olhos azuis, era bem bonitinha e me lembrava alguém que eu conheço mas não tenho certeza de quem é.

Foi quando eu vi! Lá na esquina... os dois! Ela e o mico! A Coruja Assassina, Pirada e Escalpeladora, com o Mico Maluco pendurado no pescoço. Foi então que entendi por que o bicho pulava no pescoço da Sabrina. Estava mal-acostumado, óbvio!

Resolvi ir atrás deles. Eu sentia tanta falta da escola que até estava disposto a um contato com aquela dupla pra lá de suspeita. Mesmo novatos e intrusos, já faziam parte do meu querido Instituto Eugênia Keller!

Já estava bem nos calcanhares da Letícia Bárbara, quando resolvi assobiar pertinho do ouvido dela.

— Ai, ai! — ela gritou, enquanto o mico saltava para a cabeça da maluca.

— Ei, sou eu! — falei numa boa.

Mas quando ela virou para trás e me reconheceu, danou a gritar e o macaco a guinchar. Saiu correndo e pedindo socorro.

Eu corri atrás. Ela, na maior rapidez, abriu o portão de uma casa, entrou e bateu o portão na minha cara.

Fiquei sacudindo o portão para ela abrir. Só queria conversar, falar um pouco das coisas lá do Eugênia Keller — afinal ela não queria ser um dos nossos?

Mas aquela anta agressiva — bem que a Magda Regina me preveniu — não quis saber.

— Vai embora da minha casa ou eu chamo a polícia, seu Canteiro de Cenouras!

— Se for macho, abre essa porta — não suporto que me ofendam, ainda mais sem nenhuma razão.

— Claro que eu não sou macho, ô idiota! E se não for embora, vou soltar os cachorros! Eles adoram mastigar cenouras!

— Golpe baixo! Coruja Pit-bull! — falei, antes de desistir de minhas boas intenções.

Jamais poderíamos ser amigos. Que ela aguardasse meu retorno ao Eugênia Keller! Também, uma menina que andava por aí com um mico no pescoço não merecia ser amiga de ninguém. Muito menos de alguém tão especial como eu!

Ficar suspenso por uma semana pode ser o sonho de muito aluno, mas eu agora sei que é uma grande porcaria. Primeiro, porque os pais da gente, não satisfeitos com o castigo da escola, ainda nos põem num regime de cárcere privado — nada de encontrar os amigos, nada de *shopping*, televisão, só de noite, um monte de "proibidos" que não há quem aguente. E as mães sempre conseguem um jeito, ninguém sabe como, de arranjar os deveres para a gente fazer em casa, como se estivesse frequentando as aulas normalmente. Quer dizer, vantagem não tem mesmo nenhuma!

Pelo menos nos primeiros dias foi assim. Por sorte, existe o Rafa, meu irmão. Ele só tem dez anos, é meio criança pra mim, mas antes levar um papo com ele do que com as paredes... Tadinho, acho que sou sua "ídola".

Papai e mamãe foram parando aos poucos de me dar gelo. Aproveitei a primeira oportunidade que me deram para contar tim-tim por tim-tim o que tinha acontecido **realmente** na escola e acho que devem ter chegado à conclusão de que eu fui mais vítima do que vilã. Só sei que deixaram de ficar no meu pé.

Outro grande consolo foi receber o Chiquinho de volta. É, porque, no dia da confusão toda, acabei saindo da escola sem levar meu mico de estimação. Quando dei por falta dele, já estava tarde para voltar lá.

No dia seguinte, tive uma surpresa. Um pouco antes do almoço, a campainha tocou e, como eu ainda estava meio de quarentena no quarto, nem fui atender. Daí a pouco, o Rafa veio me chamar:

— Tem umas colegas suas lá no portão. Vieram trazer o Chiquinho. Mamãe disse que você pode ir lá e falar com elas para entrar.

Dei um pulo, toda alegre, e não era só por causa do meu mico. Puxa, então eu tinha algumas colegas que iam com a minha cara? Lá fora, estavam exatamente as meninas que eu tinha imaginado: a Sheila, a Pat, a Clara, a Dani e uma outra, com cara de índia, que depois fiquei sabendo que se chama Iracema. Dizem que existe um livro famoso com o nome dela, ou vai ver ela tem esse nome por causa do tal livro. Estavam todas meio que sem graça, e a Sheila foi quem falou primeiro:

— Oi, Letícia, a gente veio aqui saber como você está e também, eh... Bom, pedir desculpa pela falta de solidariedade naquele dia. Afinal, nós pensamos depois, somos todas mulheres, e se a gente não se unir...

Foi aí que eu olhei para a Pat, que estava com a mochila virada pra frente, e levei o maior susto. Ela tem barba! — foi o que eu pensei quando vi aquele queixo peludo. Só que, de repente, a "barba" se mexeu e matei a charada: ela tinha posto o Chiquinho dentro da mochila, para ele não fugir, mas o rabo tinha ficado de fora e, de vez em quando, fazia cosquinha na cara dela.

Depois de pegar meu Chiquinho no colo, e de todo mundo rir adoidado com o lance da barba, elas passaram a me contar como iam as coisas na nossa ausência. A turma estava dividida — a maioria dos homens apoiando a grossura do Tonhão, e a maioria das mulheres, é óbvio, contra.

— Letícia, ainda tem uma coisa que a gente queria explicar — começou a Sheila. — Você deve ter achado que nós não estávamos nem aí para o seu problema, né? Tá certo, era mesmo seu direito ficar sem entender por que foi que nós passamos por você sem nem olhar. Bom, é que a Clara é gêmea do Edu Cabelinho, e ele tem um amigo na 7ª A que é o maior gato. Daí que, bem, ela está a fim demais do cara, e o Edu ameaçou atrapalhar tudo se as meninas da turma ficassem contra o Tonhão. Então, ou ela nos convencia a dar uma de neutras, ou ele iria contar pro tal garoto todos os defeitos dela, até mesmo os que ela não tem...

Continuei calada, porque, para mim, aquilo só provava que eram todas umas traidoras, interesseiras e covardes.

— Eu sei que você deve estar achando que somos todas umas traidoras, interesseiras e covardes — a Sheila continuou, quase me matando de susto, porque parecia que tinha adivinhado meu pensamento. — E a gente reconhece que foi mesmo. Mas o importante é que estamos arrependidas e já começamos a fazer uma campanha lá na sala, que é para formar a Liga das Mulheres da 6ª B antes da sua volta.

— Não vai ser nada fácil — lembrou a Iracema —, porque aquelas nojentas que sentam nas últimas carteiras (a patota da Flávia, sabe?) vão fazer de tudo para continuar numa boa com o pessoal do Tonhão.

— E ele também já mandou avisar que só passando em cima do seu cadáver alguém vai tomar a carteira dele — contou a Pat. — Foi o Pepe quem trouxe o recado.

— Mesmo assim a gente não pode dar mole pra ninguém! — a Sheila quase que gritou, porque ela é mesmo durona.

— Então, vamos nessa, meninas? — chamou a Clara.

Já faz três dias que elas estiveram aqui em casa e eu, um pouco mais feliz por saber das minhas aliadas, ainda ganhei licença para dar uma volta com o Chiquinho. Fui até a casa da Raíssa, uma prima que mora aqui no bairro. Na volta, já estava quase chegando quando senti um bafo na minha orelha e, logo depois, um apito tão forte que me deixou surda. Mas aí é que veio a surpresa do ano. Quando virei para ver quem era o dono do bafo e do apito nem deu pra acreditar — Tonhão Labareda em pessoa!

— Ei, sou eu — falou o idiota, como se isso fosse me tranquilizar.

É lógico que saí correndo apavorada, com o Chiquinho pulando nos meus ombros e soltando os maiores guinchos. E eu gritava "Socorro!" bem alto, na esperança de um vizinho aparecer e me salvar. Porque eu não tinha a menor dúvida — aquele troglodita só podia estar querendo se vingar!

Consegui trancar o portão a tempo, mas ele ficou do lado de fora esmurrando e dizendo — que absurdo! — que se eu fosse **macho** mesmo, que abrisse o portão. Não tive outra saída: ameacei chamar a polícia, soltar os cachorros, xinguei-o de Canteiro de Cenouras. Ele ainda deu troco, me chamando de Coruja Pit-bull, depois desistiu e vazou. Mas meu coração custou a sossegar e, mesmo agora, lá no fundo, tem um medinho estragando minha vontade de que a suspensão acabe logo.

*E*nfim, o retorno ao paraíso! O Eugênia Keller, apesar da dona Eugênia e da Coruja Piradona, é o paraíso, é o céu. Lá todos amam o Supertonhão, todos respeitam minhas decisões. O que Tonhão fala vira lei. Pelo menos na 6ª B!

No caminho, tomei umas decisões. A Coruja Destrambelhada ia-se sentar na primeira carteira, colada à mesa dos professores. Sua carteira ia estar separada das outras, numa fileira só para ela. E ninguém lhe dirigiria a palavra — gelo total! — enquanto não me viesse pedir perdão de joelhos. E aquele mico histérico estava suspenso mais uma semana, proibido de pôr as patas no Eugênia Keller. Ela seria obrigada a ter a mochila revistada pelo Pepe e pelo Edu Cabelinho antes de entrar na sala, para não bancar a espertinha e voltar a contrabandear o monstrinho para dentro dos muros de nossa amada escola.

— Toninho!

Quem veio me atropelando, mal cruzei o portão, com aquela intimidade que eu detesto, era — quem mais poderia ser? — a Magda Regina!

— Sai fora, menina! Eu não te dou essa intimidade!

— Desculpe, Tonhão... mas você tem de saber.

— Saber o quê?

— As meninas criaram a Liga das Mulheres...

— E daí?

— Elas vão dar proteção à Letícia Bárbara contra você.

Fiz cara de quem não acreditava. Aquela também tinha pirado. Aliás, nunca achei a Magda Regina normal.

Então ela chamou a Flávia e o resto da gangue feminina do fundo da sala: a Lu e a Sara. Elas confirmaram a novidade e disseram que estavam comigo.

Aí, dei um dos meus assobios, chamei meus dois sargentos, e o Pepe e o Edu foram arregimentar o resto da turma. Vieram todos os cuecas, menos três. Bruno e Hugo, claro, sempre a fim de me derrubar. Mas o Marcos também? Esse eu não esperava que fosse um traíra!

— Ele está babando pela Coruja, a Clara me contou — o Edu foi-me explicando.

— Que os três se alistem na Liga das Mulheres! — desprezei.

— E nós vamos nos alistar na Liga dos Homens! — gritou a Magda, muito alterada, decidindo por ela e pelas outras três, a turminha do fundo.

— Não existe Liga dos Homens! Que nome mais fresco! Vocês são a minha gangue, o Bonde do Tonhão!

— Viva o Bonde do Tonhão! — era a Magda Regina, de novo, pulando em volta de mim!

— Morte à Liga das Mulheres! — rosnou o Pepe.

Mas parece que demoramos muito do lado de fora. Quando entramos, os inimigos tinham ocupado suas carteiras. E a chefe do bando estava na minha carteira mais uma vez, me olhando na maior desfaçatez com seus olhos multiplicados.

Com o canto dos meus olhos, percebi o Gegê das Libélulas se deslocando no corredor rumo à nossa porta. Eu dispunha de alguns segundos para agir. Falei bem firme:

— Quero essa Liga das Mulheres com seus três escravos lá na pracinha, atrás da escola, depois da aula! Vou acabar de uma vez com essa farra. Aqui só tem lugar para uma organização: o Bonde do Tonhão. Entendido?

Ninguém piou. Mas senti os olhares apavorados da mulherada. Os meus fizeram sinal de "entendido".

— Bom dia! — falou do seu jeito fanhoso o Gegê, abrindo o sorriso para a 6ª B, enquanto eu me sentava. Desta vez, lá no fundo, pois a Adriana Banana estava firme do lado da Letícia Domadora de Macacos.

Mas ninguém respondeu ao Gegê das Libélulas. Ninguém sorriu de volta para o professor de ciências. A guerra, simplesmente, acabava de ser declarada!

Voltei para o Eugênia Keller nas nuvens. Nunca pensei que ir à escola, qualquer escola, ia ser uma festa para mim um dia. Estava me sentindo a dona da bola, com aquele monte de meninas fazendo uma Frente Pró--Letícia. Bem, na verdade o nome oficial ia ser mesmo Liga das Mulheres da 6ª B, mas eu sabia que tudo tinha começado por minha causa. E isso compensou minha horrível estreia, com aquela toupeira do Antônio Barbosa me torrando daquele jeito.

Por falar nisso, acho que essas nossas férias forçadas não adiantaram nada para ele — continua mandão e machão. Ou até pior. No primeiro dia de aula para nós, o Tonhão logo mostrou as garras. O professor de ciências já vinha entrando na sala e aquele *dobermann* de pelo vermelho ainda teve coragem de latir pra todo mundo escutar:

— Quero essa Liga das Mulheres com seus três escravos lá na pracinha, atrás da escola, depois da aula! Vou acabar de uma vez com essa farra. Aqui só tem lugar para uma organização: o Bonde do Tonhão. Entendido?

Nem o professor Ângelo, com todas as suas libélulas, conseguiu mudar o clima depois disso. Não que as meninas tenham ficado com medo, a gente estava disposta a encarar qualquer bonde de bundões! O problema é ter que lutar o tempo todo contra alguém... Seria tão bom a turma ficar na paz!

E também ninguém sabe quem são esses três "escravos" que o cara falou.

Será que são o Bruno, o Hugo e o meu Marquinho Olhos de Guaraná? O bobão acha que ser solidário é ser escravo? Coitado dele, nunca vai ter amigos pra valer.

Enquanto eu ficava pensando nessas coisas, o professor começou a falar de seu assunto favorito — insetos! —, e tratei de procurar na mochila meu caderno e uma caneta. Só que, quando enfiei a mão lá dentro, senti uma coisa macia e quente. Meu coração disparou — Chiquinho!!!! Arrisquei uma olhadinha rápida e não deu outra: era ele mesmo. Nossa mãe, dessa vez eu ia ser expulsa! Então, o mais depressa que eu pude, fechei o zíper da mochila. Aí escutei um "GUUIIIINCH!!!!" bem forte. Escutei, não, a turma inteira escutou e olhou para mim.

O professor, apesar de ecologista e de ser também um cara muito gente fina, parou de falar e me encarou, sério. Eu não tive dúvida:

— Aaattttccccchhhhiiiiiiiiiimmmmm!!!!! — exagerei no espirro, tentando disfarçar, enquanto abria um pouquinho o fecho da mochila e punha a ponta da cauda do Chiquinho de volta lá dentro. Para minha sorte, deu certo, pois o professor Ângelo só disse "Saúde, menina escandalosa!" e se virou para escrever no quadro.

É claro que os colegas todos sacaram o que tinha acontecido, mas ninguém me dedurou. Nem o Cabeleira Incendiada! Acho que ficou com medo de sobrar pra ele de novo.

Quando deu o sinal, e a gente começou a guardar as coisas para ir embora, a Sheila, a Adriana, a Dani e mais um monte de meninas que fazem parte da Liga correram para a minha carteira, umas rindo, outras preocupadas.

— Você trouxe o mico de propósito? — perguntou a Dani.

— É lógico que não! — respondi. — Fiquei desesperada quando vi que ele estava dentro da mochila! Não sei como foi parar aqui de novo. Ou melhor, estou começando a desconfiar que meu irmão tem alguma coisa a ver com isso... Será que o Tonhão andou subornando ele?

— Não duvido nada! — falou a Sheila, de cara feia.

— É, agora todo cuidado é pouco, gente... — disse a Iracema.

Na porta da sala, o Hugo e o Bruno estavam nos esperando.

— Vocês vão topar o desafio daquele brucutu? — perguntou a Jô, a menina mais tímida da sala.

— Se a gente não for lá, vão pensar que estamos tremendo de medo deles — respondeu o Hugo.

— Pois eu tô fora, já chega uma semana mofando em casa — decidi.

— A Letícia tem razão, gente — falou a Pat. — Acho melhor não cair nessa provocação, não. Eles estão querendo é isso mesmo: que a gente entre numa fria.

— Pois vamos embora todos juntos e, se for preciso, a gente enfrenta esses caras — arrematou o Bruno.

É claro que não fomos para a tal pracinha atrás do Eugênia, a que o Tonhão tinha a nos "intimado" a ir. Saímos pela frente mesmo, e combinamos de só dispersar quando estivéssemos a uns seis quarteirões da escola. Aí, cada qual iria pra sua casa.

Na porta da escola ainda tinha uma porção de meninas (e de **meninos**, principalmente) em volta da professora de artes, a Márcia. Como ela é muito bonita, os caras estão todos fissurados — só falta eles trazerem maçãs de presente!

Quando tínhamos andado somente até o fim do quarteirão da escola, surgiu, de repente, da esquina, o tal Bonde. O Tonhão vinha na frente, com aquela sua juba pegando fogo. O Edu, o Pepe e mais o resto da galera do mal — que tem, para a vergonha das mulheres da 6ª B, algumas meninas infiltradas, como a baba-ovo da Magda Regina — vieram partindo para cima de nós aos berros.

— Vamos nessa, gente, vamos destruir esse bando de imbecis! — gritava o Tonhão Cenourão, feito um alucinado.

— Vamos destruir esse bando de imbecis! — repetiu o Edu papagaio.

— Atacar! — ainda berrou alguém.

Devo confessar que entrei numa de horror, meu peito gelou. Aliás, nós todos paramos e ficamos congelados, que nem nos filmes. Eu só conseguia pensar naquelas reportagens de TV com cenas de arrastão nas praias. É, com certeza a turma da 6ª B iria sofrer muitas baixas naquele dia!

Cercamos o exército da Coruja Mandona meio por acaso, mas a Magda Regina adorou o meu plano de "tática-surpresa". Logo me disse que tinha sido genial. Não deu tempo para explicar nada. O importante é que eles nem chegaram à pracinha. Minha ideia, na verdade, era uma luta em campo aberto. Eu sozinho derrubava no mínimo uns dez. Os primeiros a ver estrelas iam ser aqueles três escravinhos submissos à ditadura da Coruja Escravocrata (as aulas de história, da Laura Edelweiss, são fantásticas, pelo menos algumas palavras que eu aprendo cabem direitinho na vida real).

Mas ali estavam eles, entre o muro da escola e a esquina, mudos, paralisados de terror — e, sobretudo, encurralados!

— Atacar! — gritou a Magda Regina.

Essa menina não sabe o lugar dela. Quem manda aqui sou eu, caramba! Levantei o braço e exigi silêncio. A

Liga das Mulheres deu vários passos para trás. Acabaram colados no muro.

— Vamos conversar! — propôs o Hugo.

— Não tem papo nenhum! — cortei.

Fui indo para os lados da Chefona. A coisa, agora, era entre nós. De homem para homem. Ou melhor, de líder para líder.

O Bruno e o Marcos foram chegando para perto dela. Senti, nos meus calcanhares, o Pepe Cebola, o Edu Cabelinho, o Beto Caveira, o Rodrigo Cabelão, o Zé Sozinho, o João Cláudio, o Julinho Sorriso, e, bem, na minha nuca, o bafo do João Grandão. Bastavam o João Grandão e eu para a gangue inimiga evaporar de uma vez.

Mas aí a Magda passou na minha frente. Não respeitou nem minha ordem de silêncio.

— O Bonde do Tonhão vai atropelar e é já! — ela estava arregaçando as mangas, pronta para acertar a Coruja bem debaixo do queixo.

Nessa hora passei a admirar a Magda. Que coragem, que disposição! Uma guerreira de verdade — e eu nunca tinha notado...

Só que... a Liga tinha preparado um golpe baixo. Uma arma secreta e completamente ilegal entrou em ação. Da mochila da Coruja saltou sobre a pobre Magda nada menos que aquele "mico-pit-bull", criado simplesmente para matar!

Foi direto nos longos e brilhantes cabelos da Magda (se ela tem algo lindo, com certeza são os cabelos) e passou a puxá-los com a clara intenção de deixar a vítima careca. Com certeza, treinadíssimo pela Coruja. Já tinha visto aquele filme. Meus cabelos ruivos que o digam!

Minha brava tenente, surpreendida, tentava-se desvencilhar do monstro escalpelador. Em vez de aceitar minha ajuda, Magdinha cometeu um erro fatal, correndo em desespero para o meio da rua.

Justo na hora passava uma mulher de bicicleta. O atropelamento foi terrível. A bicicleta caiu para um lado, a mulher para o outro, o mico e a Magda voaram cada um para uma direção. Ficaram estatelados no chão que nem aquela cruz dos pontos cardeais que o Serjão costuma desenhar no quadro.

O Bonde inteiro correu para o norte, onde a Magda gemia. Para o oeste, foi quase toda a Liga, querendo acudir o macaco. Ninguém quis saber da bicicleta no leste. Ao contrário da correria geral, o Marcos foi indo bem devagar para o sul. A mulher conseguiu ficar de quatro sozinha, na frente dele.

— Magda, você está bem? — eu a levantei do chão. No mesmo instante, ela desmaiou enquanto me abraçava.

— Chiquinho querido, fale comigo! — suplicava a Letícia Bárbara, de joelhos, ao lado do que imaginei ser um pequeno cadáver peludo.

Claro que o monstrinho não falou, mas começou a grunhir, enquanto a Marechal Coruja o beijava com uns beijos babadíssimos, que nojo!

Então o Marcos balbuciou para a mulher, que enfim se levantou, mas com os joelhos ralados e o penteado desfeito:

— Do... na... Eu... gênia!

Atropelamento por um bonde mete medo, mas ninguém imagina o estrago que uma bicicleta pode fazer!

Quando o Tonhão e os comparsas surgiram da esquina pegando-nos de surpresa, eu entendi melhor o que ele tinha querido dizer quando ameaçou atacar com seu bonde. A covardia era total, porque só tinha praticamente meninos do lado de lá, enquanto, do nosso lado, éramos quase só mulheres... A questão é que, antes que aqueles pestes avançassem para cima de nós, aconteceu uma das coisas mais nojentas: aquela traíra da Magda Regina veio correndo na minha direção com a mão fechada para me acertar o queixo!

Não dava tempo de me preparar direito, só consegui jogar a mochila no chão quando vi que eu era o alvo dela. A mochila estava aberta e o Chiquinho tratou de pular lá de dentro, enganchando no primeiro galho que encontrou — o pescoço da dita-cuja, é óbvio! Benfeito! A bobona gritava e pulava que nem pulga e, quanto mais tentava-se livrar do meu bichinho, mais ele ficava nervoso e se agarrava ao cabelo dela! Todo mundo — menos os inimigos e eu, claro — morria de rir, porque parecia cena daqueles filmes antigos, acelerados que de vez em quando passam na TV.

Mas a verdadeira tragédia veio depois, quando a burra da Magda saiu correndo pelo meio da rua sem olhar para os lados e foi apanhada por uma mulher de bicicleta, que vinha a toda. Foi tudo muito rápido, nem consigo lembrar-me dos detalhes. Só sei que, de repente, lá estava o meu pobre Francis Nicolai estatelado no asfalto, feito um tapetinho velho.

Corri para ele, desesperada. A galera do Tonhão foi toda para o lugar onde a Magda tinha caído. Enquanto eu tentava ressuscitar o Chiquinho, chorando feito não sei o quê, o Marcos lembrou-se da atropeladora e foi ajudá-la.

Caraca! A mulher tinha acabado de se levantar e, mesmo sem óculos e descabelada, deu para reconhecer:

— Dona Eugênia! — gritou primeiro o Marquinho, que estava mais perto dela.

— Dona Eugênia! — gritaram todos, os do Bonde e os da Liga, e até mesmo eu, que continuava a dar uns beijos reanimadores no meu miquinho.

Ela ainda estava um pouco tonta, esfregando os joelhos e o cotovelo direito com cara de dor. Apertava os olhos, tentando-nos reconhecer, eu acho. Mas, quando abriu a boca para falar alguma coisa, uma sirene tocou bem perto: era uma ambulância que vinha chegando. A rua já estava cheia de gente e com certeza algum morador tinha ligado para o Pronto-Socorro.

Magda ainda estava desmaiada, e foi o Tonhão que a carregou até a maca, com um cuidado que nem dava para acreditar. O capeta tinha virado um anjinho de repente: ele estava até amarelo e com a maior cara de preocupação. Ao mesmo tempo, uma senhora foi levando dona Eugênia, toda troncha, para sua casa.

— Vou dar um copo de água com açúcar pra senhora — ela ia dizendo. — Depois eu peço ao meu filho para vir buscar a bicicleta, mas nem pensar em andar nela de novo hoje, viu?

Só o meu Chiquinho continuava lá no chão, abandonado... Quer dizer, abandonado propriamente não. Todos nós, até mesmo alguns cúmplices do Tonhão, estávamos em volta dele, sem saber o que fazer.

— Pô, mó sujeira, cara! — falou afinal o tal do Grandão. — O bicho está se mandando mesmo...

— Ei, não fala assim, urubu! — protestei, chorando mais forte ainda do que antes.

— É, vê se respeita o sofrimento dos outros, cara! — disse a Sheila, brava.

As meninas me abraçavam, mas não tinham coragem de olhar pro meu miquinho agonizante, que dava umas sacudidas e uns guinchos meio roucos, de vez em quando.

— Acho que não tem jeito, Letícia, ele vai morrer... — agora era o Marquinho quem falava comigo, segurando minha mão.

Apesar de toda a tristeza, meu coração deu um pulo de felicidade naquele minuto. Depois, fiquei ainda pior.

— Ele não vai morrer, não! Ele NÃO PODE morrer! — eu gritava no maior desespero.

Quando a gente está com a turma, mãe aparecer no pedaço é o pior mico que alguém pode pagar! A não ser quando você está com um mico de verdade no colo, à beira da morte... Por isso, foi o maior alívio quando escutei a voz da minha dizendo:

— Calma, filha, vamos levar o Chiquinho no veterinário, enxuga essas lágrimas.

59

Como é que ela tinha ido parar ali tão depressa? Acho que toda mãe tem bola de cristal.

— Falou — foi a única coisa que eu consegui responder, antes de desabar no colo dela, chorando mais ainda.

A Sheila e a Pat, que são as valentes da sala, foram junto. Meu mico mais parecia um bicho de pelúcia que perdeu o recheio: estava murcho e mole de dar dó. Quando chegamos à clínica, já era tarde demais, ele não aguentou: soltou seu último ronquinho nos meus braços...

Não é preciso dizer que as meninas estavam quase tão desconsoladas quanto eu e que ficamos as três numa choradeira só. Enquanto isso, mamãe conversava com o veterinário sobre o que iam fazer com o Chiquinho. No meio do choro, pude ouvir muito bem que ele ia ficar lá, para darem "um rumo".

— O quê???? — eu berrei, fula da vida. — Vocês vão ter que passar por cima do meu cadáver primeiro! O meu mico não fica aqui de jeito nenhum!

Minhas colegas me deram a maior força nessa hora, e acho que foi desde então que começamos a pensar em fundar uma ONG para lutar por um cemitério de animais de estimação. Que absurdo! Deixar um bichinho que tem dono e casa própria ir parar na lixeira de uma clínica! Ou sei lá para onde vão os pobrezinhos...

O certo é que mamãe se conformou, e acabamos fazendo o enterro do Chiquinho no jardim de casa, com todo o respeito que ele merecia. O pessoal da Liga e os meninos aliados assistiram à cerimônia: seu Luís, o jardineiro, fez uma cova bem caprichada, eu arranjei uma caixa de papelão, e mamãe deixou tirar umas flores do canteiro, para a gente pôr em cima do "caixão". O Bruno, que é muito bom no desenho, escreveu numa tábua "Aqui jaz Francis Nicolai", para colocar por cima de tudo. O dia só não foi mais triste porque mamãe convidou todos os meus colegas para fazer um lanchinho, e isso me distraiu um pouco.

Como se não bastasse esse "infausto acontecimento" (li isso num cartão de pêsames que o meu avô escreveu outro dia), a 6ª B inteirinha está de suspensão até o fim da semana. Bom, inteirinha mesmo não, porque aquela *caxiona* da Bia, com sua mania de ser certinha, não entrou nem no Bonde nem na Liga, foi para casa e escapou da bronca. Isso também quer dizer que os professores estão dando as aulas normalmente, só para a enjoada. E eu, que já tinha pegado uma suspensão, vou ficar mais atrasada ainda com as matérias.

Agora, dona Eugênia está engessada, parece que torceu o pé. Magda continua em observação no hospital, porque bateu com a cabeça no meio-fio e fica desmaiando a toda hora. Apesar de ela fazer parte das fileiras inimigas, está todo mundo muito preocupado, com medo de que ela morra ou fique pastel para sempre. A gente vive telefonando uns para os outros para saber notícia dela, e até combinamos de ir lá visitá-la, quando deixarem.

— E aí, Lê, qual é? — Era a Sheila me ligando pela sétima vez naquele dia.

— Nada, tô aqui de bobeira...

— Só... Será que sua mãe deixa você ir comigo lá na casa da Clara? A galera está todinha lá. Nem te conto, menina: você acredita que até uns chegados do Tonhão também apareceram?

— Ih, não estou gostando, está me cheirando a confa...

— Não sei, não, só sei que estão chamando a gente.

— Então eu vou. Mamãe deixa, sim, ela sacou que a nossa turminha não tem tanta culpa assim...

— A gente não tem culpa **nenhuma**! — A Sheila é sempre meio invocada.

— É, mas ela acha que a gente tem que pegar leve, não entrar na deles...

— Olha, tô passando aí agora mesmo.

Na casa da Clara estava um auê, todo mundo falando ao mesmo tempo! Fui logo perguntando ao Hugo:

— Qual é, Hugo? Que ti-ti-ti é esse?

— É que a chata da Bia mandou um recado pela Iracema. Disse que a professora Márcia quer ajudar a gente a limpar a barra com a dona Eugênia. Ela falou que é pra nós irmos bolando um trabalho bem legal para fazer na aula de artes quando a gente voltar para a escola, na segunda-feira.

— Pô, ela é gente fina mesmo, cara!

— É, mas tem uma condição... Ela já escolheu o tema, aliás, o**s** tema**s** do trabalho.

— Temas?

— É isso aí. Vai ter que ser sobre SOLIDARIEDADE e PAZ. Ah! E com um lance pior: também vai valer nota de português, porque a Vera Ludmila está nessa parada também, sacou?

— É, então melou, porque essa não pega leve com ninguém...

*P*arece que o atropelado fui eu. Dona Eugênia Keller, com sua mania de saúde, sempre pedala depois da aula. Troca o tamanco pelo tênis, põe aquele capacete que a deixa com pinta de ET e dá voltas furiosas pelo quarteirão, numa *bike* vermelha. Mas naquele dia tinha de esquecer o capacete. Por isso a gente custou a reconhecer quem era a ciclista. Então, com uma só atropelada, matou o mico e quase assassinou a Magdinha. E me deixou assim.

Já não estou reconhecendo o velho Tonhão. Quem podia imaginar que, quando o Pepe Cebola veio me contar que o mico maluco tinha ido para o beleléu, tive de virar a cara para o outro lado? Pra ele não ver que, igual a uma menina, estava com uma lágrima querendo fugir por minha cara abaixo.

No fundo, sempre simpatizei com aquele bicho. Seu único defeito era pertencer à Letícia Bárbara. Se fosse meu, quanta coisa a gente não ia aprontar por esse mundo afora... Mas a morte dele me lembrava a Magda. Podia ter sido ela. Ou podiam ter sido os dois. Magdinha bateu com a cabeça no meio-fio. Foi parar no hospital, de ambulância e tudo. Na hora em que o enfermeiro fechou a porta da ambulância na minha cara, eu não sabia se algum dia a gente voltaria a se ver. Fiquei parado, só olhando o carro se afastar, ouvindo aquela sirene estridente.

Então entendi uma coisa. A Magda Regina sempre pegou no meu pé porque ela me amava. Acho que ninguém nunca me amou daquele jeito. Só a Magda para dividir o lanche comigo, para topar tudo e aprontar tudo junto comigo! E agora ela poderia morrer. Ou ficar desplugada, não sei até quando.

Está sob observação dos médicos. Nem voltou para o Instituto depois do fim da suspensão. Tenho medo de que não me reconheça. E vire um repolho humano. Essas criaturas que, ao serem atropeladas por uma bicicleta, esquecem o próprio nome. E, claro, os nomes de quem amam.

O Tonhão que voltou para o Eugênia Keller continuava cheio de sardas e com o mesmo cabelo vermelho, mas sentia um buraco por dentro da camiseta do uniforme. Meu coração tinha ficado na esquina da escola, ou foi capturado pela sirene da ambulância, que ainda vibrava na minha lembrança, vermelha, apagando, acendendo, num choro gritado e sem vergonha de ser derramado.

Não entendi as duas professoras juntas na sala. O que é que a lindona da Márcia tinha com a Vera Ludmila?

A Vera tinha de estar era com a irmã gêmea dela, a Laura Edelweiss, a "fessora" de história. Elas são quase iguais fisicamente. Mas a Laura é mais maneira. A Vera Ludmila é brava pra caramba. Um Serjão de saia.

Parece que a Vera tinha ido dar uma força pra Márcia. Mas a Márcia estaria com medo da gente, precisava mesmo de um guarda-costas?

— Bonde é coisa de marginal! Uma gangue, aliás, duas, aqui na escola! Onde já se viu? — começou a Vera, dando um passo à frente da Márcia.

Olhei para a Bia. Não precisava ninguém me explicar quem tinha contado tudo sobre o Bonde do Tonhão e a

Liga das Mulheres. A *nerd* dos *nerds* tinha dado um jeito para continuar se dando bem na sala. À nossa custa.

— Vocês estão assimilando o pior da violência que grassa na sociedade! Aqui, nesta escola! Vocês são responsáveis pelo futuro deste país e deste planeta!

Ah, não... Esse papo-furado eu não aguento. O que eu ou o Edu Cabelinho ou o Pepe Cebola temos a ver com a dívida externa do Brasil ou com os países que não assinaram o Protocolo de Kyoto? O Serjão sempre alertou para o futuro negro que nos espera. E o Gegê das Libélulas ainda vive repetindo que, se o desperdício continuar, o mundo vai acabar sem água.

Tá certo, não custa tomar menos banho, pelo menos o problema da água eu entendo. Mas controlar os gases, nem os meus eu consigo... E essa tal de economia, como é que eu vou entender, se nem meu pai nem minha mãe entendem?

— O mundo precisa de paz! De paz! P-a-z! — a Vera Ludmila berrava, socando o ar.

É, paz, com grito, com suspensão, com a Magda Regina atropelada pela própria diretora da escola... Não dá para levar esse papo a sério!

— Com licença... — delicadamente, a Márcia tirou a gêmea da Laura Edelweiss da sua frente.

— Ninguém discute a importância da paz — disse ela com aquela voz doce. — Mas a paz a gente atinge com a solidariedade.

Bom, bem melhor do que com gritos e ameaças, pensei. Ou castigos. O mundo precisa é de Marcinhas ou Magdinhas. De quem fala comigo com a voz da professora de artes. Ou me ama como a Magda me *amava*. Aquele verbo no passado, imperfeito do indicativo, a Vera Ludmila logo iria acrescentar, puxa!, me dando um aperto na garganta. Meu Deus do Céu, será que aquela carteira ali na sala ia continuar vazia?

Foi quando notei que estava no meu velho lugar. A inimiga, mesmo chegando mais cedo, tinha deixado o lugar para mim. Por causa de uma carteira, aconteceu tudo. A gente ia trocar pancada até um expulsar o outro. E, por causa desse assento, que serve principalmente para eu colocar meu traseiro, morreu o tal Chiquinho. E a Magda, talvez, nunca mais vai me amar...

Olhei na direção da Letícia Bárbara, lá do outro lado da sala. Ela deve ter sentido meu olhar e olhou de volta. Estava triste pra caramba. Nossos olhares cruzados duraram um ou dois segundos.

Voltei a encarar a Márcia. Pelas minhas orelhas, como se fosse de veludo, escorregava a palavra "solidariedade".

Foi uma coisa superdoida. Eu estava meio que ouvindo aquela falação toda das professoras sobre paz e solidariedade e meio que viajando na zorra que virou minha vida e a de toda a 6ª B quando senti tipo um ímã atraindo meu olhar. E não é que dei com o Tonhão me encarando? Foi uma olhada rápida, mas deu para eu sacar uma porção de coisas.

Primeiro: eu já não tenho tanta antipatia por ele. Acho que é porque estou vendo quanto está sofrendo por causa da Magda. Pô, o cara se amarrou mesmo nela... Tanto eu não estou muito aí pro Tonhão que resolvi liberar sua carteira, passei a sentar do lado da Dani, na boa. A segunda coisa que eu descobri é que ele também já não olha para mim com aquela raiva do princípio. Talvez até a gente ainda possa ser amigo um dia. E outra é que os meninos do Bonde estão ficando diferentes também, quer dizer, tratando menina como

69

ser humano normal. Deve ser por causa disso que quase não estão se chamando mais por aqueles apelidos horríveis — Cabelão, Sozinho, Caveira, Cebola...

— Vocês já começaram a fazer o trabalho? — era a voz da Márcia interrompendo minha viagem.

Lembrei-me, então, da reunião na casa da Clara e da ideia sensacional que tínhamos tido. Mas foi a Sheila quem falou primeiro.

— Olha, professora, nós fizemos uma reunião enquanto estávamos, hã... sem aula, e pensamos numa coisa bem legal.

Nessa hora até a Vera Ludmila ficou mais simpática e perguntou, juntinho com a "fessora" de artes:

— E qual é? — Parecia até que as duas tinham ensaiado antes.

Quem respondeu foi a Clara:

— Nós achamos que um acróstico é a melhor solução, porque dá para fazer um trabalho artístico e de texto ao mesmo tempo.

É claro que as professoras gostaram muito da ideia e que a maior parte da turma aprovou. Afinal de contas, nós, mulheres, somos maioria no Eugênia. E é óbvio, também, que alguns homens protestaram logo.

— Acróstico é coisa de menina! — disse o Edu, com a maior cara de desprezo.

— É o tipo da ideia manjada — falou o Julinho.

— E, além de tudo, muito chato de fazer — completou o Beto, mal-humorado.

— Pois eu acho que é bem maneira, sabe, veio? — disse o Tonhão encarando o Beto de cara mais fechada ainda.

Aquilo foi uma surpresa tão grande que todo mundo calou a boca ao mesmo tempo. Eu até fiquei com a minha aberta... Quem quebrou o silêncio foi a Márcia, resolvendo a questão:

— Eu também acho a ideia ótima! Fica decidido então: façam o acróstico, mas nada de se dividirem em grupos, vai ser um trabalho só, feito pela turma inteira. E, se vocês quiserem, usem o resto desta aula para começar a bolar o que vão fazer.

Aí, foi aquela arrastação de carteiras para fazer uma roda e discutir o trabalho. Como sempre, foram as mulheres que começaram a organizar, enquanto os homens ficaram de papo, na maior má vontade. Por isso, tive um novo choque quando estava tirando meu material da mochila e escutei uma voz bem conhecida falando nas minhas costas:

— É, se ninguém mais quer ser solidário com vocês, o jeito é eu me oferecer.

Um novo Tonhão estava mesmo se revelando. Parece que tinha entendido, melhor que os outros meninos, o que a gente deveria fazer naquele momento.

Quando eu cheguei junto das meninas, parecia que nenhum outro cueca me viria fazer companhia. A Márcia tinha escrito na vertical a frase "Paz e solidariedade". A gente ia ter de acrescentar uma palavra ou uma frase a cada inicial, tentando criar um texto que fizesse sentido. É assim que funciona o tal de acróstico. Palavrinha horrorosa. Mas eu tinha de dar uma força pra Márcia. E, no fundo, aquele joguinho até parecia um desafio legal.

Então, estourou uma confusão entre os meninos. O Rodrigo Cabelão e o João Grandão estavam-se estranhando, para terror da Vera Ludmila.

— Mas como? Vocês não entenderam as palavras que a Márcia escreveu no quadro? — a professora de português voltava a socar o ar.

— O Cabelão está a fim de me zoar, "fessora" — disse o João.

— Cara, não te dou o direito de me chamar assim — o Rodrigo não queria socar o ar, mas estava com jeito de que já, já ia acertar o João.

— Realmente, João! Esse apelido é de péssimo gosto! — a Vera nos surpreendeu. Ninguém imaginava que ela fosse ficar do lado de quem estava partindo para a briga.

— Mas você me chama o tempo todo de João Grandão!

— Só que Grandão não é a mesma coisa que Cabelão! Você é grande mesmo, mas parece que ninguém percebeu que cortei o cabelo desde o ano passado!

— João Grandão também é péssimo! — era o Pepe Cebola entrando na conversa. — João Grandão é quase João Bobão para mim.

— Você tem razão — falou a Vera.

O Pepe então se virou para mim e disse:

— Eu detesto que me chamem de Cebola! De-tes-to! — ele foi ficando vermelho e parecia que ia ter um ataque.

Então, a sala inteira me encarou. Foi quando me lembrei de que, no ano passado, tinha inventado o apelido do Pepe, porque apareceu para lanchar com um sanduíche cheio de cebola.

Na verdade, eu tinha batizado o Rodrigo Cabelão e o Edu Cabelinho, a Sheila Everest e a Adriana Banana, o Beto Caveira e o Julinho Sorriso, o Zé Sozinho e, ultimamente, a Letícia Coruja... E agora logo o meu amigo Pepe vinha se revoltar contra seu nome de guerra.

A Adriana Banana tinha de aproveitar a deixa:

— Foi o Tonhão Estrupício quem inventou todos os apelidos da sala!

— Tonhão Estrupício? — dessa vez quem pulou da cadeira fui eu.

— Se não gosta, que tal Tonhão Cenourão? — gritou a Sheila Everest.

Quer dizer que, por trás de mim, eles, ou melhor, elas, me davam apelidos? Será que não entendiam que Tonhão já era suficiente? Nunca invoquei com Tonhão. Lá em casa eu já era o Tonhão.

— Gente, o Antônio tem nome! — disse a Coruja, bom, a Letícia Bárbara. Quem podia imaginar?

— É mesmo, pessoal. Cada um de nós tem seu nome. Esses apelidos não estão facilitando nosso esforço pela paz — finalmente escutamos a voz de veludo da Márcia.

A turma fez silêncio. Até o Rodrigo e o João Luís (o outro é o João Cláudio, que escapou de virar João Pequeno) se acalmaram.

— Eu entendo o que vocês sentem — continuou a Márcia. — Imaginem que um primo gostava de me chamar de Márcia Paçoca. Toda vez que ouvia aquele nome eu chorava.

— Que absurdo! — eu gritei.

E a sala inteira começou a rir. Eu também acabei rindo.

— De agora em diante, só vamos nos chamar pelos nossos nomes. Não é, João Luís? Não é, Rodrigo? — a Márcia propôs.

Então, ela sorriu para mim e me piscou o olho:

— Não é, Antônio?

— Claro! — eu aderi, embora pressentindo que, pelo menos na escola, o Tonhão estava sendo deletado.

— E o acróstico, pessoal? E o acróstico? — era a Vera, agora batendo palmas.

Tornei a levar um susto comigo mesma: dar aquela bandeira de defender o To... ops, o Antônio, assim, na frente da sala inteira! Vi que ele ficou vermelho quando eu gritei: "Gente, o Antônio tem nome!". Mas até que valeu a pena pagar esse mico, porque, pelo que me contaram, ele ainda estava me chamando de Coruja, por causa dos meus lindos óculos, que desaforo! Pois é, cara, o mundo dá voltas, como diz meu pai. Agora, quero ver se ainda vai ter coragem de botar apelido em alguma pessoa!

Aliás, ninguém na 6ª B estava mais curtindo essa de provocar, desafiar, coisas assim. Naquele dia, principalmente, a gente estava interessada em fazer o tal trabalho de artes e recuperar a imagem de alunos feras, que tínhamos antes da suspensão em massa.

— Eu acho que a gente podia fazer umas duplas e cada uma cria sua frase — falou a Sheila, como sempre tomando a frente.

— Tá — disse o Bruno. — Nós somos, deixa ver... 37 alunos ao todo. Já contei também quantas letras tem nas palavras "paz" e "solidariedade"...

— Eu também! — interrompeu a Pat, a mais apressadinha da sala. — São 16.

— Então, vão ser nove duplas e seis grupos de três pessoas — concluiu o Antônio, que, pelo jeito, tem a manha da matemática.

— Muito bem! — apoiou a Márcia, que estava acompanhando tudo. — Vocês estão demonstrando na prática como é possível conviver em paz.

Dividimos então a turma, mas combinamos que todos juntos iriam aprovar ou não cada frase inventada. Senão, deixaria de ser o trabalho da turma, como as professoras queriam. Meu parceiro na criação da frase ficou sendo — ai, que emoção quando ele mesmo me escolheu! — o Marcos. E, depois de um sorteio, caiu para nós a letra A, da palavra PAZ.

O problema é que tínhamos levado quase todo o tempo do resto da aula planejando, de modo que não deu para continuar naquele dia. O sinal tocou, juntamos nossas coisas para ir embora e saímos no maior papo, trocando ideias sobre o trabalho. Foi aí que passou por nós o professor de ciências, com seu jeito de quem está em alfa. Pois não é que ele parou, olhou para mim e para o Marcos, que vinha andando ao meu lado, e depois falou, como se estivesse pensando em voz alta:

— Amor é tudo de que o mundo precisa...

Não sei se eu tinha virado um tomate ou uma beterraba; o Marcos eu sei que ficou roxo... Mas, mesmo assim, ainda conseguiu me dizer:

— Não sei, não, Letícia, mas acho que a nossa frase já está prontinha.

Bom, se não tínhamos mais apelidos, os professores também iriam deixar de ser quem eram para nós. Gegê das Libélulas voltaria a ser Ângelo. O Serjão ia ser rebaixado para Sérgio. Até a Sabrina ia deixar de ser Duchinha. Mas tudo ainda ia levar um tempo. É difícil olhar para o Sérgio e não o ver mais como um armário...

O Pepe (será que vai virar Pedro daqui pra frente?) e o Eduardo (ex-Edu) ficaram no meu grupo de acróstico. E fomos sorteados com a letra P. O começo da frase era nosso. E aquilo não era fácil. A gente estava quebrando a cabeça. O Pepe queria começar com o nome dele, já que Pedro é com P.

— Isto é para começar e não para terminar — protestou o ex-Edu.

— Como terminar? — o Pedro não entendeu.

— Assinatura a gente põe no fim de tudo — Eduardo (nossa, como vou me acostumar com esse nome? Não se parece nada com o Edu...) explicou.

81

E continuou argumentando, para tristeza do Pedro:

— Então, como a última letra vai ser E, de "solidariedade", quem vai assinar tem de se chamar Eduardo!

— Não acredito! — eu falei. — A gente perdendo tempo com essas bobagens! Quem vai fazer a letra E final é outro grupo. E não precisa ter nome de ninguém, certo?

Quando vi, estava berrando. E tanto o Edu quanto o Pepe (ah, apelido assim, tão normal, tem de valer. Já deletei o Cebola e o Cabelinho, pô!) olhavam-me de lado.

— O Tonhão ressuscitou! — disse o Edu.

— Só falta socar a carteira — falou o Pepe.

— Tá bom... — fui baixando a voz — ... mas é melhor, mais democrático, não ter o nome de um nem de outro, não acham?

Dessa vez eles concordaram. Aí, acabou a aula, e a gente não tinha feito nada de concreto. Mas nosso grupo não arredou do lugar. Continuamos pensando.

— P... paz! — disse o Pepe.

— Mas pode? A gente repete a palavra logo no começo? — contestou o Edu.

— Então a gente não põe paz logo no começo da frase — eu sugeri. — Põe outra palavra com P para começar.

Aí o Pepe teve uma súbita inspiração. Fechou os olhos e murmurou:

— Para haver paz...

— E o resto? — eu perguntei.

Parece que o Edu se deu conta de que a gente estava perdendo o intervalo:

— Ué, o resto fica para o resto!

— Como assim? — eu não estava entendendo.

— A gente só tem de começar, Antônio! — explicou o Edu. E eu comecei a me acostumar com meu novo nome pronunciado na intimidade.

— É mesmo! — o Pepe concordou com ele. — O resto da sala continua o resto do acróstico.

— Mas... — eu não estava achando aquilo muito certo. Uma frase, assim, sem conclusão?

— Parabéns, Pepe! — percebi que o Edu não disse Pedro. — Já temos nosso verso: "Para haver paz".

E ele escreveu no caderno: "Para a ver paz".

— Não é assim! — corrigi. — É o verbo haver, com H.

— Ótimo, vamos nessa, então, pessoal. — o Pepe foi-se levantando.

— Fui! — avisou o Edu.

Eu fiquei olhando aquelas frases no caderno do Edu, uma do lado da outra.

"Para a ver paz." "Para haver paz."

Decidi ler em voz alta a segunda. Se bem que, se lesse a outra, iria soar igualzinho... Achei que estava até com cara de poesia. Não é que o Pepe era bom para inventar frases?

Hoje, sexta-feira, foi o dia combinado para a gente apresentar as ideias para o acróstico. A Márcia Massa (esse apelido nós decidimos que não ofende) deixou que usássemos o último horário, que é o dela, para fazer o trabalho. Cada grupinho levou sua frase e fomos encadeando umas às outras, com a ajuda, é claro, das professoras.

A Vera Ludmila explicou primeiro:

— O acróstico, geralmente, é em forma de poesia. Mas, se vocês acharem muito difícil montar um poema, nós aceitaremos assim mesmo, contanto que tenha uma sequência lógica entre as frases.

A primeira dupla, aliás, o primeiro trio a apresentar sua ideia foi o do Antônio (já estou me acostumando a chamá-lo desse jeito), do Eduardo e do Pedro. Para surpresa geral, foi o Eduardo quem leu a frase (todo mundo estava acostumado com o ex-Tonhão tirando a vez até dos chegados dele):

— Nossa letra é a P. Escrevemos assim: "Para haver paz...".

— Uai, só isso? — reclamou o João Cláudio.

Mas a Márcia explicou:

— Não esqueçam que uma frase pode ser a continuação da anterior. Vamos ver então: quem ficou com a letra A?

— Somos nós — eu falei, apontando para o Marcos, que foi tirando do caderno uma tirinha de papel onde ele tinha escrito nossa frase. Dessa vez, eu flagrei que ele estava meio sem graça, quase me pedindo para ler. E foi isso mesmo que ele fez, me entregando o papel e me deixando na maior saia justa.

— Bem — eu comecei —, nós tiramos a ideia de uma coisa que escutamos outra pessoa falar. É que a gente achou que encaixava...

Eu devia estar cada vez mais vermelha, dando a maior pala de que estava pintando algum lance entre nós dois. Comecei até a ouvir umas risadinhas abafadas e tratei de ler a frase bem alto, antes que eu perdesse a voz, de vergonha:

– "Amor é tudo que o mundo precisa."

A professora Vera mal esperou eu acabar:

— Gostei! Gostei muito mesmo, vocês estão de parabéns.

— Mas tem uma coisinha só... — começou a Pat, digo, a Patrícia. — Eu acho que se trocar "amor" por "amar" vai ficar melhor.

Metade da turma concordou com ela. Teve um ou dois que ficaram em dúvida. E quase metade achou que "amor" mesmo estava bom. Quem nos ajudou a resolver foi a Márcia:

— Se tanto faz, gente, vamos deixar do jeito que eles criaram mesmo.

— Bom, então chegou a vez do Z, estou curiosa para ver que solução a dupla dessa letra encontrou — falou a "profe" de português.

A dupla era formada pelo João Cláudio e pela Sheila, por coincidência, os dois mais altos da sala, fora o Antônio. Aí, eu reparei numa coisa: sem querer — ou tinha sido "sem querer querendo?" — os do Bonde tinham escolhido os da Liga, ou simpatizantes dela, para parceiros. Eu acho que nossa turma virou um acróstico ambulante!

— Nós tínhamos pensado em "Zero para o ódio e o egoísmo" — explicou a Sheila. — Mas agora, sabendo das frases anteriores, vamos ter de mudar um pouco.

— Eu acho que podemos mudar a frase do A — disse o João. — Então, ficaria assim. — E escreveu no quadro o acróstico de PAZ:

P ara haver paz
A mor é tudo que o mundo precisa:
Z era o ódio e o egoísmo.

86

A turma inteira começou a bater palmas, junto com a Márcia. Mas a Vera Ludmila tinha uma correção a propor. Foi para o quadro e acrescentou um "de" na segunda frase: "Amor é tudo de que o mundo precisa". Quase não escutamos o sinal bater. E a palavra SOLIDARIEDADE teve de ficar para a aula seguinte, que é na próxima segunda. Por incrível que pareça, não vejo a hora de chegar esse dia! Nem estou me reconhecendo...

No fim de semana, a Lu e a Sara foram visitar a Magda. Ela já está em casa. Não tive coragem de perguntar às minhas colegas se a Magda seria capaz de me reconhecer. O teste vai ser mesmo quando ela voltar para a escola.

Pelo menos não está perdendo muita coisa nem nas aulas de artes nem nas de português. A Márcia e a Vera acharam mais importante a criação do acróstico.

Dona Eugênia, agora usando uma botinha branca de gesso que a deixa um tanto desequilibrada porque continua com o tamanco no outro pé, tinha aprovado a ideia. Mas, com a desculpa de que sentia dificuldade para caminhar, não vinha à nossa sala.

Fiquei desconfiado de que estava era com medo de encarar a Letícia. Afinal, ela tinha matado o tal de Chiquinho, e a Letícia poderia estar com alguma ideia de vingança... Mas no clima de solidariedade e paz, a novata era bem capaz de perdoar a diretora. Se fosse comigo, iria

aceitar que foi mesmo um golpe do destino. Ou que aquele macaquinho foi sacrificado para que a gente pudesse se entender.

Nós já tínhamos feito nossa frase, e agora meu grupo começava a se desinteressar do restante do acróstico. Mas a Márcia fazia todo mundo participar. Cada frase tinha de ser modificada para combinar com a anterior. Então todos davam palpites.

No fim da aula, o acróstico estava quase pronto. Só não ficou porque, na distribuição das duplas e dos grupos de três, alguém (será que fui eu?) tinha errado a conta. Todos tinham apresentado suas frases. Faltava a última letra, aquela que o Edu queria usar para assinar o nome dele.

— Esta seria a frase da Magda — a Bia lembrou.

— Mas sozinha? Ela que nem viu como a gente fez o resto? — protestou a Iracema.

O problema ficou para a aula seguinte. O tempo tinha acabado. Dei uma olhada no quadro. Estava lá, faltando uma letra, o resultado das nossas ideias, com a aprovação de todos e depois de uma ou outra correção:

P ara haver paz
A mor é tudo de que o mundo precisa:
Z era o ódio e o egoísmo.

E rrar, a gente erra,

S e não tem a chance
O u a boa vontade de
L amentar e consertar um gesto
I nfeliz ou impensado.
D elicadeza não custa quase nada,
A não ser olhar os outros com
R espeito, o mesmo que a gente gosta de receber.
I ndiferença
E omissão também podem ser uma forma
D e desprezo e uma porta
A berta para a violência.
D e mãos dadas é que iremos tornar
E

(Alguns meses depois...)

As aulas do segundo semestre começaram hoje. O primeiro fechou "com chave de ouro" para a 6ª B, como disse a dona Eugênia para toda a escola ouvir. É que teve uma festa de encerramento, com exposição dos trabalhos de todas as turmas. E lá estava o nosso acróstico, feito com letras vermelho-neon (com a ajuda da "fessora" Márcia, é claro, porque ela virou meio madrinha da gente), pendurado numa das paredes dos corredores que dão para o pátio.

Ninguém tinha ficado com a última frase, porque as contas do Toninho (acho que posso tratá-lo assim, afinal, esse não é um apelido, é um diminutivo que rima com carinho), pois é, as contas dele não tinham sido tão perfeitas como eu pensei. Mas o próprio Antônio resolveu o problema, assim:

— Olha, galera, todos sabem de quem teria de ser essa última letra. Da Magdinha, é lógico. Então, como ela não estava podendo vir à escola, eu mesmo fiz a frase. "Esta vida melhor", o que vocês acham?

P ara haver paz
A mor é tudo de que o mundo precisa:
Z era o ódio e o egoísmo.

E rrar, a gente erra,

S e não tem a chance
O u a boa vontade de
L amentar e consertar um gesto
I nfeliz ou impensado.
D elicadeza não custa quase nada,
A não ser olhar os outros com
R espeito, o mesmo que a gente gosta de receber.
I ndiferença
E omissão também podem ser uma forma
D e desprezo e uma porta
A berta para a violência.
D e mãos dadas é que iremos tornar
E sta vida melhor.

Nós até batemos palmas para ele, não só porque a ideia era superlegal, como pelo gesto de amizade que demonstrava. Não dava mesmo mais para chamá-lo de Tonhão.

Hoje, quando chegamos à escola, encontramos o acróstico pregado na sala de entrada. Contaram que dona Eugênia está convidando um monte de pessoas só

para ver nossa obra-prima! E que fica falando: "Este trabalho foi feito pela turma-modelo da escola".

Mas a grande surpresa do dia ainda ia acontecer. A primeira aula era da Laura Edelweiss, que entrou na sala com aquele seu andar apressadinho. Nós fomos sentando nas carteiras de sempre, menos a Magda, pois a dela já estava ocupada por um menino muito magro e com maravilhosos olhos azuis atrás de uns óculos iguais aos meus.

A Magda ficou parada ao lado dele, sem saber o que fazer. De repente, o garoto se tocou e falou com ela:

— Este lugar é teu, não é, guria?

Antes que a Magda respondesse, o Toninho se levantou rapidão da carteira e ofereceu:

— Pode sentar aqui, Magdinha, na boa!...

A Sheila, a Iracema, eu e outros que agora não lembro tínhamos ido para perto deles besourar.

— Aqui nesta turma não tem essa de lugar marcado, cada um senta onde quer — eu falei para o novato.

E a Magda finalmente soltou a língua:

— É isso aí, pode ficar nessa carteira, claro!

Daí, eu achei que era hora de perguntar:

— Como é o seu nome?

— Gustavo. Eu morava em Porto Alegre. Mas na minha escola não tinha tantas gurias legais como tu...

Ainda bem que ninguém vê quando o coração da gente dá um pulo... Mas todo mundo deve ter visto a minha cor bandeirosa de tomate! Enquanto eu tentava ficar normal, olhei discretamente para o Marquinho, com medo de que ele também estivesse reparando nalguma coisa. O cara não estava nem aí pra mim: seus olhos de guaraná tinham grudado na Magda, e eu bem que vi o jeito dela, toda derretida encarando o meu ex. Ou seria o ex-meu?

Dei uma olhada meio disfarçada para o resto dos homens da 6ª B, que até então estavam suspeitosamente quietos. O Antônio tinha-se sentado ao lado da Sheila e flagrei quando ela disse para ele assim:

— Achei sinistro você ter cedido seu lugar pra Magda, cara! Muito legal mesmo.

Aí foi ele que ficou meio roxo e, depois, roxo completo, quando deu comigo sacando tudo. Mesmo assim, olhou bem nos olhos dela e eu tive certeza de que, agora, ele realmente merecia ser chamado de Toninho...

No meio dessa minha viagem, voltei a pensar naquele Harry Potter dos Pampas, que tinha mais coisas em comum comigo do que seus olhos de piscina. Apesar de não ser mais uma ET no Eugênia Keller, eu ainda não tinha esquecido todo o horror dos primeiros dias. Só que o Gustavo estava levando vantagem: ele não ia precisar ser atropelado nem por bonde, nem por bicicleta para ficar na paz.